바람 끝에 매달려서

김혜숙 시조집

책만드는집

최순향 (사)세계전통시인협회 한국본부 이사장

유원幽苑 김혜숙金惠淑 시인이 첫 시집을 상재한다.

김혜숙 시인은 서울에서 태어나 초등 교육 현장에서 오랫동안 근무하다 퇴직한 뒤, 시천柴川 유성규 박사 문하에서 시조 공부를 시작하였다. 2000년 봄,《시조생활》42호에「남한산성에 내리는 눈은」이라는 작품으로 등단한 이후, 시작詩作에 대한 성실한 자세로 묵묵히 자신의 세계를 다져왔다.

시인이란 내면의 사유를 언어로 빚어내는 사람이다. 보이지 않는 마음의 떨림을 형상으로 구현하여 삶을 다시 바라보게 하는 일, 그것이 시의 본령일 것이다. 시인의 언어는 감정을 그대로 옮겨 적는 말이 아니라, 감정을 통과한 성찰의 언어이기 때문이다.

김 시인은 마음 깊은 곳에서 일어나거나 잠재해 있던 감정들을 섬세하게 길어 올려, 이를 사물과 상관물에 투사함으로써 설득력 있는 이미지로 형상화해 왔다.

그의 작품 세계를 관통하는 중심축은 '삶을 통과하며 길어 올린 자기 성찰'이다. 그는 끊임없이 자신과 세상을 마주하며 고민하는 시인이다. 세련된 기교에 기대기보다는 감정의 직접성을 택한 그의 언어는 꾸밈없음 속에서 오히려 신선한 개성과 울림을 얻고 있다.

또한 그의 시에서는 화자의 성별이 쉽게 특정되지 않는 작품들을 종종 만날 때가 있다. 이는 작품을 특정한 정체성에 한정하지 않고 보다 넓은 공감의 지평으로 확장하는 힘이 된다. 이러한 비표지성은 김 시인 작품 세계가 지닌 중요한 미학적 특징이며, 그 보편성을 더욱 단단하게 만드는 요소라 할 수 있다.

이제 그의 작품을 살펴본다.

사랑 하나 얻으려고
바람 끝에 매달려서

허기진 정열로
떨었던 이야기들

손톱 끝
피가 나도록
지우다가 쓰다가
―「바람 끝에 매달려서」전문

시집의 표제작이기도 한 이 시는 김 시인의 자화상이라
해도 좋겠다. '사랑'이라는 단어는 단순한 감정의 차원을
넘어, 그가 살아오며 간절히 이루고자 했던 삶의 목표와 열
망을 상징한다. '바람 끝에 매달려서'라는 여덟 글자에는
치열했던 삶의 여정이 응축되어 있다. 구차한 설명 없이 절
제된 언어로 자신의 생을 드러내는 그의 표현력은 오랜 시
간 축적된 성찰의 힘을 증명한다.

너에게로 가는 길은 멀기만 한 것이냐

어젯밤 죽은 시 하나 유산해 놓고 몸살 난 몸뚱이는 방구
석을 뒹굴었어 마지막 남은 놈도 쓰레기통에 던져버리고
외투 깊숙이 단어 몇 개 구겨 넣고 거리를 취한 듯 휘청거렸
지 주머니 자꾸만 뒤지는 가난한 시인은 (…중략…)

비릿한 입술 사이로

히죽거리는 모국어여

너, 나의 목숨이여

—「독백」부분

　「독백」이라는 이 사설시조는 시 창작의 고통과 창작 행위의 본질적 절망을 고백하고 있다. "너에게로 가는 길은 멀기만 한 것이냐"라는 첫 구절에서 시인은 시를 향해 나아가는 지난至難한 여정을 토로한다. 그것은 시인의 삶 전체를 던져야만 가능한 일이기 때문이다. '유산流産'이라는 단어에서 시 쓰는 행위를 생명적 은유로 드러내며, 그 작업이 얼마나 치열하고 고독한가를 상징적으로 보여준다. 주머니를 뒤지는 가난한 시인의 모습 또한 단순한 궁핍을 넘어, 언어를 찾아 헤매는 영혼의 결핍을 암시한다. 특히 종장은 이 시집 전체를 관통하는 핵심이라 할 만하다. "비릿한 입술 사이로/ 히죽거리는 모국어여/ 너, 나의 목숨이여"라는 절규는 단순한 자의식이 토로가 아니라, 언어와 생을 동일 선상에 놓는 시인의 선언이다. 모국어는 그에게 도구가 아니라 존재의 근원이며, 곧 목숨과 다르지 않다. 언어와 함께 태어나고 언어와 함께 호흡하는 모든 시인들의 숙명적 독백이기도 하다.

어쩔 거여 이런 날 흩날리는 눈발들이
발치에서 희끗희끗 섬이 되는 청량산
삼전도 마디마디를 끌어안고 도는구나

살풀이 춤판이다 남한산성 앞자락이
우리 님 그 이마의 붉은 피를 덮어다오
뒹굴다 일어선 자여 흰말 타듯 하여라

어둠을 살라먹은 묵은 기와 조각들이
주름진 한 오백 년 살갗에다 새겼구나
시인아 목메인 날을 네가 다시 노래하라
　　―「남한산성에 내리는 눈은」 전문

　이 작품은 남한산성에서 벌어진 우리 민족의 치욕스러
운 역사와 한恨과 희망을 함께 그리고 있다. 한을 한으로 끝
내는 것이 아니라 아픔은 기억하되 서로를 위로하며 다시
일어서자는 시편이다. 통상 역사적 사건을 다룬 작품은 서
술이나 감상에 젖기가 십상인데 이 작품은 그것을 뛰어넘
어 희망을 담아 노래하자며, 그 역할을 우리 시인들이 해야
한다는 메시지를 담고 있어 눈길이 간다. 필요한 자리마다
적확한 소재들을 배치한 구성력 또한 돋보인다. 청량산, 삼
전도, 남한산성, 묵은 기와 조각 등 구체적 이미지들은 역
사적 비극을 추상에 머물지 않게 하면서도, 독자의 감정을

깊이 환기한다. 단순한 서술을 넘어 독자에게 깊은 감동과
시의 역할에 대한 메시지를 전하는 작품이라고 할 수 있다.

뚜우뚝
떨어지는
노을이 저기 있다

나의 빈 무덤 앞에
참회록 한 줄 세워놓고

휘파람
휘파람 불며

나, 그냥 걷는다
　　　—「행복한 날」전문

　　장차 자신이 누울 빈 무덤 앞에서 하는 고백만큼 정직하
고 처절한 참회가 또 있을까. 이런 참회 후에 평생을 괴롭
혀 온 부끄러움과 자책에서 벗어나 스스로를 용서하고 화
해하는 과정을 그린 작품이다. 통상 사람들은 남들이 모르
면 적당히 타협하거나 잊어버리고 사는데 유원幽苑 시인은
그 점에 있어 추상같다. 그러기까지 얼마나 힘들었을까를
생각하면 김 시인의 정체성이 읽힌다. '행복한 날'이라는

제목의 무게가 새삼 느껴진다.

발끝에 채이는 이슬

새벽 강이 흐른다

길은 강이 되고

강은 하늘로 흐르고

우연히

꺾어진 길에서

그 사람 만나고 싶다
　　　　　　　—「산책」전문

　김 시인은 사랑의 시인이라 할 만하다. 그의 많은 작품이 사랑을 테마로 하고 있다. 그는 뜨거운 가슴으로 사랑하고 이별을 한다. 그리고 그 아픔이 힘들어 어디론가 떠나고 싶어 한다. 김 시인은 사랑할 때 이별의 상처를 염두에 두지 않고 모든 것을 던져 사랑한다. 위 작품에서도 시인의 새벽 산책길은 '길'에서 '강'으로, 다시 '하늘'로 확장되며 공간의 지평을 넓혀간다. 그 확장은 곧 그 사람을 향한 그리움의 확장이다. 온 우주가 한 사람에 대한 그리움으로 충만해지는 순간, 종장에 이르러 시인은 "우연히/ 꺾어진 길에서/ 그 사람 만나고 싶다"라고 간절하면서도 천진하게 고백한다. 이 고백은 과장되지 않으면서도 맑다. 그래서 더욱 절실하게 다가온다.

그런가 하면

자정을 달리는 너줄한 막차 속에
할머니 뱃가죽 같은 피로를 앉혔다가

이 얼굴 저 얼굴들을
울컥울컥 쏟아낸다

구겨진 석간에는 거덜 난 이야기와
오늘 또 꿈을 꾸는 젊은이들 사이로

희미한 전등 하나가
깜빡 깜빡 죽어간다
—「지하철 1호선 막차」 전문

피 묻은 혓바닥이
봄을 삼켜버린 날

그을린 짐승들이
이리 뛰고 저리 숨고

환장은 통곡이 되어
백두대간 긁고 갔다

천년의 거목들이
한순간에 숯덩이로

타버린 흙을 파고
어린 손을 보탠다

아이야
같이 자라서
그 그늘에 쉬려무나
—「산불, 2025」 전문

유원 시인은 현실 문제에도 무심하지 않다.
첫 번째 작품은 도시 현대인의 고단한 삶의 현장을 생생

하게 포착하고 있으며, 두 번째 작품은 우리가 함께 겪은 산불 사태를 시적 언어로 형상화하고 있다.

「지하철 1호선 막차」에서는 너줄한 막차의 풍경 속에 도시인의 피로가 응축되어 있다. '할머니 뱃가죽 같은 피로'라는 비유는 세월과 고단함이 겹겹이 쌓인 삶의 질감을 드러내며, 깜빡이며 꺼져가는 전등은 희미해진 희망을 상징한다. 일상의 공간을 통해 시대의 초상을 그려내는 시인의 시선이 예리하다.

「산불, 2025」는 자연을 향한 인간의 무책임이 어떤 참혹한 결과를 낳는지를 강렬하게 보여준다. '피 묻은 혓바닥'과 '백두대간을 긁고 간 통곡'이라는 표현은 재난의 폭력성과 비극성을 압축한다. 그러나 마지막 연에서 시인은 절망에 머물지 않는다. "아이야/ 같이 자라서/ 그 그늘에 쉬려무나"라는 구절은 상처 입은 자연과 더불어 다시 살아가려는 희망의 의지를 담고 있다.

이처럼 유원 시인의 시선은 개인의 내면에만 머무르지 않는다. 삶의 구석과 시대의 현장까지 두루 살피며, 아픔을 기록하고 그것을 다시 노래로 건너가게 한다는 점에서 그의 시 세계는 더욱 넓고 단단하다.

남아 있는 하루치의 햇살을 팅겨본다
지워도 지워도 지워지지 않는 외로움

천장에 매달려 있는
거미줄의 반짝임
—「쓸쓸함에 대하여」제2수

　방 안에 엎드린 채 하루 종일 자리를 바꿔가며 맴돌다 사라지는 햇살의 그림자를 손가락으로 튕겨보거나, 천장 구석에 매달린 거미줄이 석양빛에 잠시 반짝이다 스러지는 모습을 누운 채 응시하는 장면은 쓸쓸한 영화의 한 장면처럼 또렷한 울림을 준다. 독자로 하여금 고독한 순간의 온도와 공기를 직접 체감하게 만든다. 절제된 언어와 구체적인 이미지로 독자마저 외롭고 쓸쓸한 자리로 이끄는 유원 시인의 수사력이 돋보인다.

　유원 시인의 작품은 위에 언급한 것 외에도 「바람 되어 그립다」「갈 수 없는 섬」「서울의 밤」과 같이 완성도 높은 작품들이 다수 존재한다. 이에 더해 두 편의 사설시조가 있으며, 연시조가 차지하는 비중 또한 적지 않다. 등단작「남한산성에 내리는 눈은」을 비롯하여 「지하철 1호선 막차」「가을 민들레」「목마른 나무」「산불, 2025」등에서 보이듯, 그는 골격이 단단하고 사유의 공간이 넓은 구조의 연시조를 구사하고 있다. 역사적 사실과 팍팍한 현실, 인간 내면의 고독과 자연의 순리를 구체적으로 형상화함으로써 독자의 마음에 깊은 울림을 남긴다.

그 외에도 언급하고 싶은 작품들이 많지만 지면 관계로 줄인다. 다시 한번 첫 시집의 상재를 진심으로 축하드리며, 제2, 제3의 시집에서는 더욱 확장된 시조의 지평으로 문단에 우뚝 서시리라 기대한다.

| 차례 |

2^부 여름 단상

3부 바람 되어 그립다

4부 첫눈

5부 계절 밖에서

1부
산책

바람 끝에 매달려서

사랑 하나 얻으려고
바람 끝에 매달려서

허기진 정열로
떨었던 이야기들

손톱 끝
피가 나도록
지우다가 쓰다가

산책

발끝에 채이는 이슬

새벽 강이 흐른다

길은 강이 되고

강은 하늘로 흐르고

우연히

꺾어진 길에서

그 사람 만나고 싶다

입춘

겨울이 갈 듯 말 듯

봄이 올 듯 말 듯

겨울 냉이 뿌리 속에

사각이는 봄의 소리

산수유 벗은 가지에

눈 내린다 비가 온다

인연이라는 거
김혜숙
그랬구나 너는 그냥
맥살없는 바람이구나
앞가슴 풀어헤친
을명같은 이야기도
어쩌라 쉽게 부서지는
물안개 같은 것을

인연이라는 거

그랬구나
너는 그냥
맥살없는 바람이구나

앞가슴 풀어 헤친
운명 같은 이야기도

어차피
쉽게 스러지는
물안개 같은 것을

허무가 한 움큼씩
수면으로 오를 때면

보내는 준비를 하지
흘러가는 강물처럼

어쩌랴
술잔에 피는
그림자 같은 것을

먼 그대

파리한 새벽달
문풍지에 풀어놓고

달무리로 내려앉는
그리운 얼굴 하나

어디서
미망未忘에 겨워
네 세월을 돌리느냐

갈숲 머리 헤집으며
강 밑으로 흐르는 너

해묵은 기억 속에
감춰둔 섬이 하나

어쩌다
기운 나절에
한쪽 노을로 오너라

기도

32

투명한 연초록 잎
하얗게 꽃 내리는

소소한 5월의 저녁

요만큼이면 족해요

어차피
혼자 가는 길

버리는 자유 주소서

배웅

물색없는 딸년 두고
그리 총총 가시는지

먼 길 떠나는 울 어머니
배웅하고 오는 들녘

기어이
강 울음마저
노을로 타는구나

짝사랑 1

밤새워 쓴 일기장엔
얼룩진 이름 하나

남몰래 피었다가
저 혼자 시들었던

설렘과
그리움으로
맷돌질하던 그 시절

짝사랑 2

짧은 노래 부르다가
죽어가는 사랑입니다

제 껍질 뒤집어쓰고
꺽꺽대는 사랑입니다

한여름
풀물이 배이는
매미의 사랑입니다

쓸쓸함에 대하여

봄날이 중얼거리며 뒷걸음치는 오후에
거울 속 내 얼굴이 낯설어 보일 때면

늘어진 시계추처럼
그 하루가 시들하다

남아 있는 하루치의 햇살을 튕겨본다
지워도 지워도 지워지지 않는 외로움

천장에 매달려 있는
거미줄의 반짝임

산불, 2025

피 묻은 혓바닥이
봄을 삼켜버린 날

그을린 짐승들이
이리 뛰고 저리 숨고

환장은 통곡이 되어
백두대간 긁고 갔다

천년의 거목들이
한순간에 숯덩이로

타버린 흙을 파고
어린 손을 보탠다

아이야
같이 자라서
그 그늘에 쉬려무나

독백

너에게로 가는 길은 멀기만 한 것이냐

어젯밤 죽은 시 하나 유산해 놓고 몸살 난 몸뚱이는 방구석을 뒹굴었어 마지막 남은 놈도 쓰레기통에 던져버리고 외투 깊숙이 단어 몇 개 구겨 넣고 거리를 취한 듯 휘청거렸지 주머니 자꾸만 뒤지는 가난한 시인은 4월의 아픔도 5월의 절망도 모른 척했지 비굴한 내 연민에 살고 있을 뿐 그러나 아직 저 깊숙이 세포 한 모서리가 꿈틀대고 있을지 몰라 적당히 순수하고 적당히 미친 거라고 그렇게 삐죽삐죽 독백을 하지 서러운 봄은 벌써 뚝뚝 떨어지는데

비릿한 입술 사이로
히죽거리는 모국어여
너, 나의 목숨이여

갈 수 없는 섬

어제는 시詩에 취해

오늘은 사랑에 취해

벼랑 끝 골라 딛고

나비처럼 팔 벌린다

저 건너

갈 수 없는 섬

난,

죽음을 꿈꾼다

내 마음 머물 곳 없어

두꺼운 일기장은
한 장으로 얇아 있고

이제껏 읽은 책은
백지가 되어 있고

그마저
찢어버리고
하늘 보고 눕는다

오시는 봄

속앓이 버릇처럼
또 찾아 왔다는가
문밖은 눈부시고
골방 같은 내 둘레
이따금 장지 밖 소리
엿들으며 누웠다

뜨락쯤은 어떨까
빈방 하나 치워놓자
실핏줄을 꿈꾸면서
부활을 꿈꾸면서
돌돌돌 돌물에 노는
노란 햇살 떠야지

그곳엔 앓아누운 바람이 있다

세월도 허물어지나 피멍 든 흔적처럼
생즙이 고여 만든 먼바다 섬 하나
자꾸만 님의 토혈이 내 물길을 잡습니다

바다를 밀고 가는 뱃전은 말이 없고
수묵화 빈 자리에 초승달 같은 사람
애초에 쪽빛 하늘로 뛰어들어야 했습니다

끝내 앓아누운 노래여 바람이여
겨울 냉이 뿌리보다 더욱 진할 상사화를
해 질 녘 하늘 저 끝에 걸어두고 왔습니다

2부
여름 단상

여름 단상

물살도 지쳤는가
흔들대다 누워 있고

늘어진 넝쿨 끝에
개구리 한 놈 졸고 있다

물속엔
그리움 하나
수채화로 번져간다

장마

지질지질 내리는 비
내가 너를 닮았구나

팽팽하게 물들었다
물기 밴 가슴으로

먼 사랑
또 추적거리며
아픔으로 걸어온다

비릿한 시간이라
새삼 삶이 느껴오면

한 겹씩 무게로만
내려앉는 아 갈증의 밤

후두둑
함석지붕에
내리치는 저 소리

느티나무

겨울 가고 봄이 오면
초록 물 쏟아내고

산바람 숨겼다가
슬그머니 풀어주는

여름날
동네 어귀에
느티나무 되고 싶다

서울의 밤

52

출렁이는 불빛 위로
떠다니는 섬 사이로

스멀대며 감아 오르는
매캐한 욕망의 늪

하늘엔
강이 흐르고
술 취한 달이 떠간다

수몰 마을의 징 소리

물속으로 물속으로 주저않는 지붕 위에
할미꽃 굽어 피던 그 동산은 섬이 되고

물속에 비쳐 어리는
나직한 무덤 하나

마지막 장터에서 터져버린 육자배기
차오르는 눈물마저 훠이훠이 술 뿌려라

지금은 어디쯤에서
징 소리로 돌고 있나

바다 끝에서

하고픈 말 뱉어내며

밀려오고 밀려간다

흔들리면 흔들리고

끊어지면 섬이 되는

달빛은 바다 끝에서

밤을 두고 떠는데

돌부처 웃으시다

큰 가람 계곡물에
가로누운 돌부처

지옥문 앞 서성이는
나를 보고 웃으신다

부처님
딛고 건네며
나무아미타불 관세음보살

가야금 산조

끊어질 듯 이어지는
그 바람 그 언덕길

풀어내는 시나위
그건 바로 세월인걸

한 소절 달빛에 걸어
밤을 섞어 울고 있다

물살 같은 속살이야
사랑의 떨림으로

법고를 두드리며
새벽을 열라 한다

솔바람 파도 소리에
가야금 우는 소리

행복한 날

뚜우뚝
떨어지는
노을이 저기 있다

나의 빈 무덤 앞에
참회록 한 줄 세워놓고

휘파람
휘파람 불며

나, 그냥 걷는다

늙은 삐에로

언제부터 저렇게 춤추고 있었을까
삐죽삐죽 웃음을 흘리고 있었을까

빙 빙 빙
멈추지 않는 춤
오늘도 하루가 간다

피멍 든 주름 위로 눈물방울 매달고
눈알만 횅하니 허공을 돌린다

얼마나 허우적대야
내가 나로 돌아올까

자화상 1

어제 일 기억 없고
듣는 건 보청기가

난 이제 잘하는 게
하나도 없나 보다

나중에
떠나는 길은
잊지 않고 가겠지

자화상 2

덧셈 뺄셈 못하면서
뭘 계산하고 살았는지

가슴이 퍽퍽해져
쇠 긁는 소리가 난다

고장 난
풍향계처럼

지금 여기는 어딜까

빈집

턱 빠진 툇마루와
나이 든 기왓장에
아침이면 절반 햇살
제비 집이 또 하나
그 곁을
해바라기 한 대 겁도 없이 자란다

주저앉은 구들장은
큰대자로 누워 있고
반쯤만 걸려 있는
대문짝엔 빈 바람
어디서 낮꿩 소리만 제멋대로 굴러간다

사랑이란 참

한밤중 담장 위에
고양이 발자국처럼

대낮에 천둥 번개
느닷없는 소나기처럼

한바탕 단풍 들었다
이별하는 가을처럼

공空

공든 탑 무너지고
내 부처는 눈이 멀고

천년의 우담바라도
잠자리 알이라지

허,

허,

허,

공空이로구나

낮잠이나 자야겠다

3부
바람 되어 그립다

여행

누런 들판 소 울음이 한참 게으르다
나 언제 웃었던가 겨드랑이 간지럽다
선잠에 새벽 열차와 무작정 떠날 일이다

산에 올라 발을 떼면 저 하늘을 날지 몰라
사유思惟는 담배 말아 허허로이 날려 보내고
철길에 반 박자만큼 쉼표 하나 찍고 오자

바람 되어 그립다

풀벌레 울음 위로 노을이 무너진다

구절초 향기 같은
추억이 달려오면

가을날
내 허물 같은 사람
바람 되어 그립다

가을이 언제냐구요?

사람들이 하나둘씩
가을을 물을 때면

작은 창에 햇볕이
조금씩 깊어지면

멀리서
바람 불어와
가슴 한쪽이 서늘해지면

낙엽 1

가지 끝을 감고 도는
바람이 또 서럽다

제 무게 못 견디는
빛바랜 몸부림으로

너 떠난
빈 벤치 위에
가을이 와 앉는다

낙엽 2

바람이다
몸부림이다
핏기 잃은 깃발이다

가을비 추적거리면
내 상념은 바스러지고

조용히
아주 조용히
떨어진 가을이 간다

텅 빈 운동장에서

빛바랜 햇볕까지

누워버린 가을날에

아이들이 흘리고 간

웃음 조각 굴러다니고

바람만

빈 운동장을

괜시리 돌다 간다

가을 민들레

청상靑孀을 닮았구나
바위틈을 골랐구나

낮달 같은 민들레가
바람에 흔들린다

이 가을 여린 빛까지
감아놓고 앉아서

빛바랜 햇살밭에
어질어질 노란 얼굴

네 봄은 어디 두고
가을 곁에 서 있느냐

떠나자 떠나자꾸나
떨쳐내며 비워내며

심상心想

먹물 같은 밤하늘에
생각 하나 긋고 간다

감정의 찌꺼기들
마음의 파편들을

기어이
젖은 짚단에
꾸역꾸역 불 지핀다

겨울이 오기 전에

나무는 마른 허물을
이별처럼 떨군다

바람이 걷어 간 자리
허무의 강이 흐르면

떠나는 연습을 하자

모두로부터
나까지도

부처의 탑
−네팔 보다나트 부처

부처의 얼굴에는
귀도 없고 입도 없다

무슨 말이 필요한가
이마 위에 부처의 눈

먼 나라
불쌍한 중생
탑 둘레만 빙빙 돈다

늦가을 어느 날

표정 없는
내 시월은
서리 끝에 누워 있고

핏기 잃은
저 노을은
강 위에 누워 있다

가을날
낙엽을 태우며
문풍지를 바르며

가을 편지

초록이 지친 자리
가지 끝은 불을 놓고

우수수 눈물 같은
낙엽이 뚝뚝 지면

가을이 지나가는 길
그 길에서 편질 쓴다

밤섬

노을을 적신 물이 멈춰 서는 밤섬이라
한 세월 두 세월에 멍이 든 가슴이다
철새가 날아들더니
아픈 울음 토해낸다

푼수 아는 이맛전에 넉넉한 햇살이듯
해와 달이 스치듯이 고운 숨결 모아다오
이제 막 떠난 철새가
억새풀을 다시 찾게

어느 소년에게

기억 저편 희미한 얼굴
트럼펫 불던 소년

꿈속에만 들려오는
맑디맑은 가락들

소년아
너도 어디서
나처럼 늙어가겠지

시가 써지지 않는 밤

그렁저렁 살까 부다
부서지든지 말든지

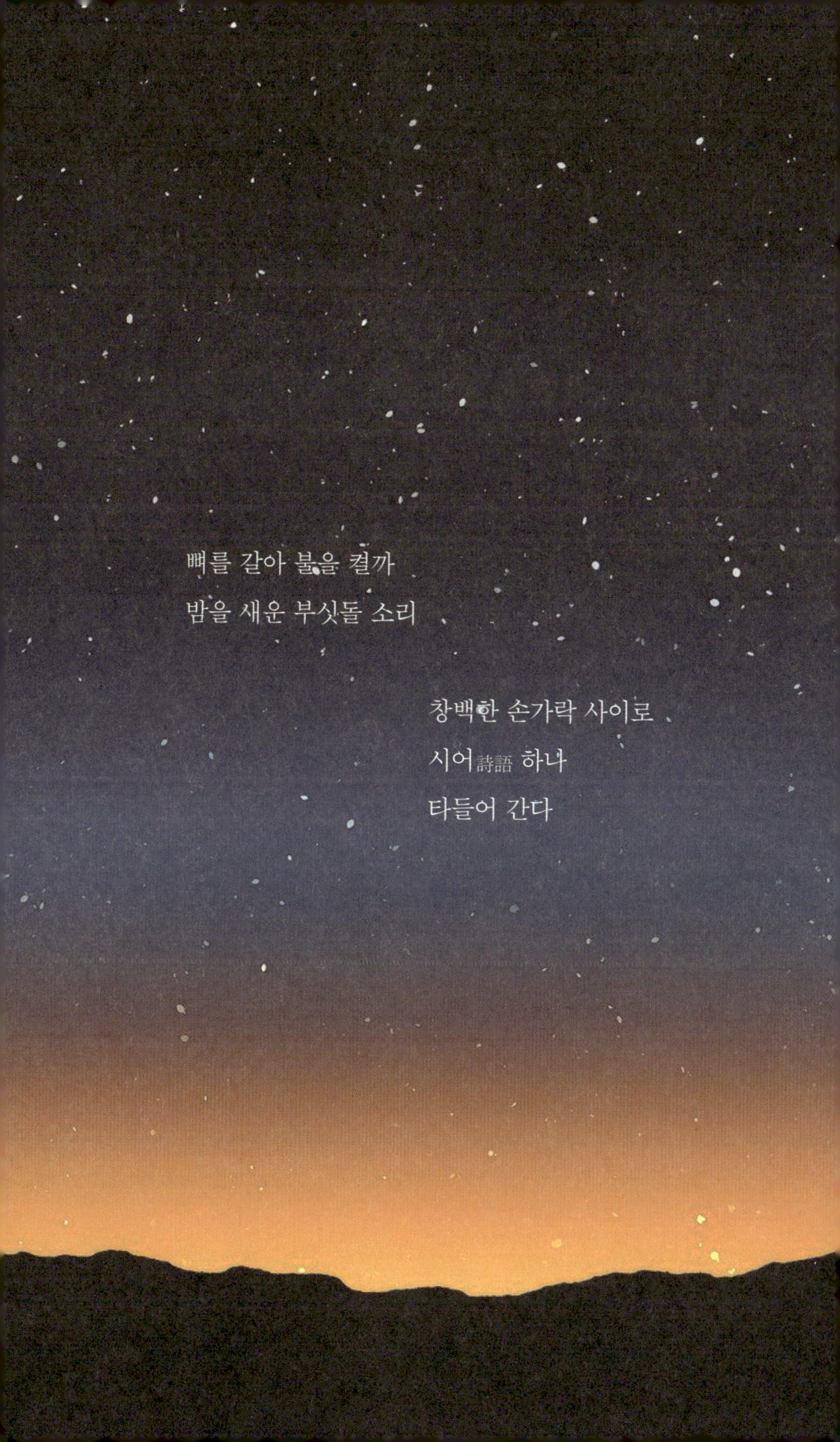

뼈를 갈아 불을 켤까
밤을 새운 부싯돌 소리

창백한 손가락 사이로
시어詩語 하나
타들어 간다

지하철 1호선 막차

자정을 달리는 너줄한 막차 속에
할머니 뱃가죽 같은 피로를 앉혔다가

이 얼굴 저 얼굴들을
울컥울컥 쏟아낸다

구겨진 석간에는 거덜 난 이야기와
오늘 또 꿈을 꾸는 젊은이들 사이로

희미한 전등 하나가
깜빡 깜빡 죽어간다

겨울 숲

세상 따라 얼렁덜렁
놓쳐버린 작은 길들

절벽 바위 뿌리 박힌
푸르른 소나무처럼

천천히
깊고 고요한
겨울 숲을 닮고 싶다

목마른 나무

밤이 너무 길어서 못 자라는 나무가 있다
꽃 지고 잎새 지고 열매 절로 떨어지고
먼 산의 침묵만큼은 발치에도 안 닿았다

가난한 웃음으로 햇살 받고 앉았다가
기러기 깃 치는 소리 귀에 담아 두었다가
나의 시 한 소절에다 점을 찍어 보리라

한 물이 밀물이다 썰물 되어 물러나듯
다시 올 내일 두고 떨어지는 속셈으로
소리가 끝난 자리에 한 점 침묵 배우나니

바람이고 싶어요

어쩌다 빈 길 있어
흔적처럼 걷다가

사랑이 피멍울 되어
놀빛으로 뜨다가

들판을 달려 나가는
바람이고 싶어요

첫눈

쨍하게 얼어 있던 하늘이 문을 연다

새벽이 누운 골목
꽃처럼 눈물처럼

아득히
먼 전설들이
내려오고 있었다

별을 짚어 한 음절씩 높아가는 아리아와

아버지가 찍어놓은
고향의 짚신 자국

저 깊은
자궁 속으로
봄이 되어 녹는다

겨울 산

눈 내린 능선 자락
울 엄마 젖가슴 같다

빈산을 넘어가는
마른바람 우는 소리

여름에 보이지 않던
무덤이 앞에 있구나

모노드라마

연극은 끝났다
모래바람 불어온다

비에 젖은 낙엽처럼
거리의 여자처럼

터엉 빈
무대 위에서
달을 보고 웃는다

불 꺼진 무대는
삐에로의 허연 입술

늦가을 빈자리에
허수아빌 닮았어

밤마다
울음 토하는
하얀 불꽃 그거였어

지금 내부 수리 중

녹슨 못을 하나둘씩 빼내는 중입니다

이렇게 서러워져 무너지면 그뿐인데

모든 걸
버린 후에야
마음 하나 얻을런지

겨울 바다

목덜미 할퀴고 가는
낯선 바람 하나가

눈송이 부서지는
하얀 바다 저편으로

우우우
파도가 되어
나 대신 울고 간다

늙어감을 위하여

움켜쥔 주먹손을
가만히 펼쳐본다

움푹 파인 강에서
건져 올린 맥박 하나

늙음에
축배를 들며
한바탕 웃어본다

한 뼘 뜨락 옆에
툇마루로 살아볼까

저 하늘 내려앉을
다락방도 좋겠지

세월을
쟁기질하며
노을 앞에 서본다

당신

먼지 되어 사라져 간
바람의 노래인가

딱지 앉은 그리움은
세월 속에 말이 없고

이제는
하늘 한끝에
낮달 같은 사람인가

남한산성에 내리는 눈은

어쩔 거여 이런 날 흩날리는 눈발들이
발치에서 희끗희끗 섬이 되는 청량산
삼전도 마디마디를 끌어안고 도는구나

살풀이 춤판이다 남한산성 앞자락이
우리 님 그 이마의 붉은 피를 덮어다오
뒹굴다 일어선 자여 흰말 타듯 하여라

어둠을 살라먹은 묵은 기와 조각들이
주름진 한 오백 년 살갖에다 새겼구나
시인아 목메인 날을 네가 다시 노래하라

솟대

서럽도록 아름다운
먼 나라 설화처럼

숨털까지 떨려오던 그런 날이 있었지

낡은 몸
삭정이 끝에서
긴긴 목을 돌린다

이제는 무덤 하나 말없이 누워 있다

걷다가 걷다가
날다가 날다가

여윈 몸
가시나무 끝에
목조木鳥 되어 앉았다

숫대

김 혜숙

서럽도록 아름다운
먼나라 설화처럼

술텅까지 떨려오던 그런 날이 있었지

낡은 몸
삭정이 끝에서
긴긴 목을 돌린다

갈무리

햇볕 한 줌
바람 한 줌
책갈피에 끼우고

찢어진 맘 꿰매어
삼베 천에 꼭꼭 싸서

귀뚜리 별로 뜨는 밤
떠났으면 좋겠어요

오지항아리

개망초 내 키만 한 뒤뜨락 한구석에

  시집올 때 껴안고 온 오래된 오지항아리 세월이 엎어놓은 항아리 그 속엔 소리 한 가락 토닥토닥 땅에 묻던 조그만 계집아이와 찢겨진 일기장, 빛바랜 사진들이 먼지 쓰고 꺽꺽대며 울고 있겠지 구름 따라 헤매고 다닌 길 밖에 젊은 날과, 땅만 보고 별을 못 본 구부정한 시간들, 이제는 서늘한 밤 시간이 머무는 마당에 나와 그 항아리 바로 세워 닦아야지 닦아야지 고인 달빛 쏟아질라 살짝살짝 담을 넘는 바람마저 담아야지

  이런 밤 알몸이 되어 그 항아리 이어야지

5부
계절 밖에서

너에게

인연 따라 순리 따라 만나고 헤어지며
어디에 있든지 살다 보면 살아지겠지

끊어진 너의 소식도
그대로 내버려 두자

삶이란 허공중에 길 하나 내는 것을
이제는 남은 날을 기도하듯 살아가자

사람이 삶이 되듯이
네가 내게 꽃이 되듯이

노을

해 질 녘 강둑 위에
물빛 같은 노부부

앞서거니 뒤서거니
어찌 저리 닮았을까

뒷짐 진
긴 그림자가
노을보다 아름답다

아버지의 강

골목길 들어서면
전등 들고 기다리던

한푼 두푼 모은 돈으로
딸내미 옷 사 오시던

먼 날에
나 가거들랑
내 밥상 차리지 마요

짓눌려 고단한 삶
속이 폭삭 썩은 채로

늘어진 고목 되어 맥없이 쓰러지신

고통이 너무 깊어서
침묵 되어 흐르는 강

결혼이라는 거

떠꺼머리 내 사랑 얼음 깨지는 봄 강에서
맨발로 징검다리 줄 세우며 건네주던 날

당신과
나 사이를 감는
비단 강이 되었지요

결혼반지 전당포에 맡겨두던 이야기와
월급날 남은 동전 털어버린 빈손까지

어느새
ㄱ대 얼굴에
내 주름이 얹혔구려

여의도 서쪽 마을

폭풍 속 모래벌판에
육자배기 질펀하다

고장 난 나침판 위
그대들은 누구인가

회오리
미친 판이다
이판사판 난장판이다

그냥 이제는

떠나온 고향을
어쩌자고 돌아갈까

깨어진 항아리는
뭐 할라고 붙이는지

오늘도
날 찾아오는
인연이 또 버겁다

영신아

너더러 하늘 보랬지
하늘로 올라가랬니

비 오는 날 남산 길을
뜀박질한 생각 나니

별자리
올려다보더니
별이 되어 버렸구나

■ 하늘로 간 제자, 전 기상청 국가태풍센터장 고 전영신 님에게 이
시를 바칩니다.

무소는 혼자서 가는데

바람은 자꾸만
그물에 걸려 넘어지고

시냇물은 여전히
바위에 흩어지고

무소는 혼자서 가는데
난 아직도 길을 모른다

애인이 생겼어요
-CW 군을 위하여

선물처럼 운명처럼
애인이 생겼어요

첫눈 같은 미소 속에
도포 자락 고운 사람

억겁의 시절 중에서
인연의 기적인걸요

그의 노래에 내가 있고
빛나는 별이 있어요

그 아이가 웃으면
나는 그냥 좋아요

내 생애 마지막 길은
그 아이와 갈래요

할머니와 묘선생

우리 집엔 동갑내기
묘선생이 살고 있죠

무심한 듯 다정하고
까칠한 사내랍니다

기꺼이 눈 맞춤 하는
동고동락 내 친구

나의 노래는

일그러진 짙은 화장
싸구려 빤짝이 옷

선술집에 걸려 있는
늙은 가수 뽕짝이다

언젠가 G선상의 아리아
나도 불러 보리라

어머니, 나의 어머니

꿈속에서 돌아앉은
비쩍 마른 어머니 등

한 번도 내 손으로
씻긴 적 없는 어머니 등

어머니
소리 내 부르면
눈물만 자꾸 납니다

보조 바퀴의 변

앞바퀴는 아세요?
보조 바퀴의 서러움을

팔자가 편하다구요?
녹슨 지 오래예요

이제는 나의 노래를
불러보고 싶어요

안나푸르나여 안녕

고고한 만년설
숨 멎을 듯한 안나푸르나

모든 것에 신神이 깃든
부처들이 사는 나라

천고의
히말라야여
안나푸르나여 영원히

시조 가락

청산리 벽계수야

그 가락이 좋아라

아리아리 아라리요

혼불 같은 외침이여

너 있어

여명의 나라

무궁화로 피었구나